Ahí donde la magia habita

Àngels Soriano

ISBN: 978-84-09-63614-3

TE VEO, ME VES, NOS ENCONTRAMOS AHÍ
DONDE LA MAGIA HABITA

CONTENIDO

PRÓLOGO

Este prólogo no presenta la selección de textos que descubriréis a continuación: es un regalo abierto a todos vosotros, para que descubráis a una voz potente y poderosa.

Es por ello, que os encontráis con un relato escrito por Anna Sanz Roldán.

Os invito a escanear este código QR donde podréis escuchar el relato leído con su propia voz.

1 LA NIÑA DEL MAR

Se hacía llamar la niña del mar, porque cuando la mirabas fijamente en los ojos podías ver el azul verde aguamarina, eran tan profundos y hermosos que no podías dejar de mirarlos ni un instante. Te perdías en ellos, es como si te transportaran a aquel mar, tan anhelado y soñado que algún día reconocerías. Esas aguas esperan el momento perfecto para que te sumerjas en ellas.

La niña del mar tenía el poder de inmortalizar los momentos y hacerlos eternos…los pescadores y guardianes de los faros lo sabían, y se acercaban a ella para pedirle rescatar aquellos momentos vividos ya olvidados por el paso del tiempo. Tan solo tenías que mirarla a los ojos y ahí surgía la magia. Como cualquier don había que protegerlo y cuidarlo. La niña del mar era muy consciente de ello. Solo se dejaba ver en noches de luna llena.

Vivía en un faro rodeada de mar, su padre era pescador y su madre marisqueaba. Así que conocía los mayores secretos que el mar escondía. Cada noche su madre le contaba cuentos de sirenas y caballitos de mar, ella la escuchaba con tanto amor, que su cabecita la transportaba a aquel mar para encontrarse con sus amigas, las sirenas, que la esperaban para jugar y descubrir los mayores tesoros de algún barco naufragado. Era un mundo tan bello y fascinante que cada noche sentía la necesidad imperiosa de regresar allí, donde todo era posible, donde era libre para reír, para ser ella misma y hacerse una con el mar y descifrar los mensajes ocultos de las ballenas y los delfines. Podía comunicarse con ellos reproduciendo sus mismos sonidos. Eran mensajes llenos de respuestas que la niña del mar necesitaba escuchar, para sanar su corazón herido. Y sanaba con la frecuencia sanadora del mar, y ella lo sabía, y por eso quería ayudar a los pescadores a conectar con sus recuerdos y sanar…así sus corazones heridos por el paso del tiempo.

2 AHÍ DONDE LA MAGIA HABITA

Enredadas las palabras entre las notas de tus dedos se descuelgan para dibujar los diferentes caminos del Universo paralelo, ese donde la magia en las noches de luna ausente nos convoca a jugar como niñas, a soñar en parajes de ciudades perdidas llenas de colores, sabores, y fragancias que no serán, que fueron en otras vidas en otros instantes y otras dimensiones. Es ahí donde las eternas almas se convierten en una, con un destino signado desde los inicios de los tiempos: crear la magia que construya mundos posibles para las miradas nacientes, vibraciones crecientes y sueños repobladores de ilusiones.

Y navegamos entre el cielo y estrellas, volando entre las sirenas y las aguas de océanos infinitos de costas transparentes llenas de energía que renueva nuestras fuerzas…sumergiremos los cuerpos para dejar de ser materia vistiéndonos de luz colores brillantes siendo ya tan solo el reflejo del arcoíris que refractariamente fuimos.

Y tras saciarnos, regresaremos a otro universo donde no somos, ni fuimos, donde todo será posible en otras vidas, en otras querencias, en ilusiones proyectadas que se emborronan como una acuarela sumergida en agua, que se desdibuja sin el espejo.

Y ahí…en ese universo sin dirección precisa, sin certeza, sin esperas, estarán las puertas abiertas para las almas, las niñas, los juegos de conchas, de cometas y globos, entre girasoles que siempre girarán al sol que los alimentan, con nuevas querencias.

3 DE ENCUENTROS TURQUESA

Los azules reflejados en las lentes eran el presagio del color turquesa del mar, ese mar que se vestiría con el azul más intenso que jamás había visto, en su inmensidad, ese mismo mar de todos los veranos de su infancia, pero desde otro punto, desde otra mirada. Siendo diferente , y a la vez el mismo. De sus gustosas calles, resonaban los amplios ventanales que guardan miradas vivas, techos altos, se colaba la melodía de un piano dulcemente acariciado, las luces que guían en el paseo de la noche, voces que se entre mezclan con diferentes idiomas…todos han sido posibles en su historia.

Y como el mar, la ciudad te acalla, silencia tu mente para ser solo alma… pasos que se alimentan de las miradas encontradas que descubren paisajes infinitos. Paisajes que fueron soñados con carreteras estrechas, que desembocan al mar plácido…una vida plácida resuena en sus corazones viajeros. Los Valientes que con pasos firmen de miles de caminantes que antes de la conciencia dejaron su esencia…encontrar en la sonrisa del otro, el encuentro de la mirada, que te ve, que te reconoce, que te siente más allá de la distancia , a través de las vidas vividas.

Todos los Faros de la isla tejen lazos rojos en la noche para que las almas encuentren el lugar de donde partieron, el reflejo en el que se miraran en algún momento, ya sin tiempo, ya completas, corren etéreas, danzando entre las estrellas, besándose sin pausa, constantemente eternas.

4 LA ALQUIMISTA DEL ALMA

La luz caía sobre el mar y la cadencia del agua acompañaba la risa pícara que sentía al ponerse delante de los fogones. No recordaba desde cuándo aquella sensación le acompañaba, esa emoción extrema de ser la dueña de los sabores de las sensaciones sutiles que otros paladares no reconocían, todo era magia por descubrir. Y era todo tan sencillo, tan solo tenía que cerrar los ojos para recuperar aquella sensación que había capturado en su piel, en el foro más íntimo y transformarla en texturas, colores y sabores… Esos mismos sabores que rememorarían en futuros venideros, de otras vidas, de otros seres. Todo el universo se conjuga en aquel preciso instante para combinar los diferentes ingredientes y hacer una alquimia que alentara el alma de los viajeros del tiempo, a dar un paso más, un camino más, un salto más allá. Y es que todos somos viajeros del tiempo, cuando recordamos nuestra infancia, ese instante que recuperamos con la risa tierna del niño que fuimos, del que somos detrás de la mirada que nos alienta, que nos refleja cual espejo mágico; desvelando cuentos, risas y melodías que jamás hubiésemos osado a tocar, escribir, pensar. La alquimia es el arte de transformar elementos en sutiles instantes que no se pueden guardar, tan solo disfrutar con la inocencia de quien aprende por primera vez una palabra nueva, quien descubre parajes que ya había intuido y todavía no había visitado, es la magia de descubrir para descubrirse, para mostrarse. Cada plato orquestado por ella era la invitación más sagaz de conocer su mundo, de resonar su alma más allá de la música que sus dedos componían. Y es que, ella era la alquimista del alma.

5 DONDE LE CORAZÓN TE ENCUENTRA

Esparcido por miles de senderos el corazón se iba configurando en formas semejantes como si de simetrías se tratase, como gemelos separados al nacer, que, sin certezas, intuyen, que hay un semejante que vive, siente, ve lo que el espejo refleja de él.

De esta misma forma, nos miramos al espejo cada mañana, esperando reconocernos en una mirada que es idéntica a la nuestra, con el mismo tono, con la misma profundidad para saber que hemos llegado al hogar, a la certeza del sosiego, del descanso, de la risa cómplice la inocencia, en la que ves proyectada las realidades que han de venir.

Esa misma risa que proyecta tu niña interior que brilla como nunca antes había brillado, y es que, ahora, los fragmentos del corazón eclosionado, proyectado desde el sueño quebrado, se encuentran, en cada uno de los pasos del camino; que con cada paso es un pasaje más descubierto, una aventura más narrada, un mañana más cerca a los mundos paralelos, donde la ilusión es la realidad, y la cotidianidad, solo una fantasía.

De pronto, detienes tu paso, para sentir la brisa de otoño en tu rostro, para oler la tierra mojada de la lluvia de la noche previa, y ves como el sol tiñe tu mirada del verde recuperado tras el verano, en los Prados que quedaron detrás, y los árboles, frondosos, te adentran en un túnel vivo, que resuena, que vibra en ti al transitarlo, al pasar más allá de él.

Y sientes como tu corazón se expande, te habla a través de las piedras que encuentras en su misma forma, como cada una de ellas atesora una parte del tuyo, que al cogerlas del camino, reconstruyes aquel que fue tuyo, que ahora emergí más valiente, tan fuerte, como Tierno, pleno de amor incondicional, ya sin tiempo, ya sin espacio.

Los pasos serpentean como el camino para subir el repecho que te amplifica la mirada, para observar , a lo lejos, la mar donde tu cuerpo se fundirá siendo agua inmortal. Y ahí, será donde la última piedra de tu corazón, brillante, fulgurante llamará tu atención, para que llegues a ella y así se una al resto, que has ido atesorando, para completar el puzle, para sanarlo, para recobrar la vida bombeando la belleza del instante, la sutileza de lo efímero, la magia del aquí y ahora, el instante que tus ojos releen estas palabras. Y sí, eres la propietaria del camino, la guardiana de las piedras que reconstruye tu corazón a lo largo de los caminos, esos mismos caminos donde tu corazón te encuentra.

6 LOS ABRAZOS COMPARTIDOS

Comenzaba marzo anticipando y por primera vez, encontraba en su contestador aquella voz sedosa, familiar y acogedora.

Esa voz que desde la distancia removía sus silencios, sus luces desde lo más profundo de su ser. Aquel "Hola, si te apetece conversar, ya me dices", fue sencillamente la puerta de entrada a un universo, que, aunque descubierto, aún estaba por pintar con los colores más luminosos… hacia tanto tiempo, que había sido abandonado que su reconstrucción llevaría tiempo; a pesar de la impaciencia de aquella alma juguetona, risueña, aquella alma de la niña que había regresado a su mundo interior que sería en blanco y negro, hasta que encontrase el interruptor del color.

Y así lo reflejaban sus rizos, sus ojos grandes, repletos de luz, cuando el interruptor decoró el universo de colores fulgurantes… Al ver esos ojos por primera vez, en aquella foto en blanco y negro, los reconoció, en momentos previos, los había intuido a través del tono de su voz, esa misma voz, que resonaba en su cabeza primero, en su corazón después, tan solo fue un instante para los mortales, toda una vida reconocida para ella.

"Y por qué ahora… ahora no viene bien"…eran tantos los porqués que poblaban su camino, que surgían como enredaderas dificultando sus pasos, esos que daba con la certeza de estar en el sendero correcto. El camino se perfilaba a la luz del sol, y a la luz de la luna, todo se poblaba de certeras señales, de sincronías, que se convertían en sonrisas intuidas, en risas repobladoras de vida, son conversaciones que abren ventanas a parajes repletos de sensaciones, a lugares sin nombre que esperan ser descubiertos…

Son las palabras, las que nos configuran, las que nos elevan más allá de lo visible, para ser el confín del horizonte; para ser el agua que bebemos recuperando, así la magia de aquello que fuimos en otras vidas: polvo de estrellas transformador.

Y en el reflejo del espejo que se ofrecían mutuamente, se asombraban de las singularidades; Ella rebuscó en lo más profundo de su coraje, en los silencios encontrados, en las palabras esparcidas como parapentes salvadores de las emociones, en las canciones que poblaban los deseos, esos deseos, de sueños que no tenían explicación, como las canciones regaladas, eran cartas de descubrimientos, llaves secretas de momentos por vivir.

Entre la sonoridad de las voces reconocidas, de las emociones acrecentadas, los días pasaban con una fecha en el calendario, con un encuentro que desvelaría las respuestas de la mente…los abrazos compartidos que se habían entregado como ofrenda de admiración, como muestra de cariño, como borradores de la distancia física, se realizarían, mientras que sus almas revoloteaban entrelazadas en un tango apasionado que cada noche emprendían.

Y la fecha llegó, ahí se encontraban en esa cafetería del hotel, como en otras vidas pasadas, con las sensaciones identificadas por el reencuentro. Tan solo, tenían que abrir los brazos para sentir la frecuencia compartida, para crear el primer abrazo compartido.

7 DE CERTEZAS E INSTANTES

La luz del día ofrecía un Horizonte azulado en diferentes tonalidades, hasta que se difuminaba en una leve línea desdibujada para ser un único azul intenso, como en los días de verano, cuando todo el tiempo es posible, y tu mirada oculta tras los cristales oscuros de las gafas, dibujan futuros posibles, situaciones germinades desde pequeñas semillas en los corazones errantes.

Y ahí estaba el instante en la imagen del corazón tallado, mientras miraba la figura que emergía del agua, acunada por las olas, iba descubriéndose desde la arena como la estatua de sal que se persistí en la bahía acallada por el aire, por los pasos silenciosos, que miran hacia tras para buscar el brillo de las mirades que reflejan los destellos de los corazones a plena luz del día.

Los pasos van descubriendo las certezas de los instantes valiosos, de esos únicos que no se vuelven a recordar para que no puedan perder la calidez, la sencillez, la espontaneidad de los instantes.

Sonaban las risas, las miradas y las sonrisas cómplices que serán la orquesta que envuelva a los pocos trasuntes de las calles vacías... y el sol conduce los pasos, al recodo donde las palabras dibujaron historias vividas, narrades, contades. Y de pronto, tu corazón obtiene la certeza de la mirada, de la piel , del instante que fue encontrado, que fue reconocido en otros desafíos, que no lograron ser instante...todo sucede en el preciso momento que está destinado a suceder, cuando seremos capaces de reconocernos en la mirada del otro, en el dolor del otro, la alegría, en el silencio.... cuando somos tan nosotros como el otro.

Y es en ese instante que el mundo se detiene para multiplicar frecuencias, para que dejes de existir en tu unidad simple a una compleja donde el amor todo lo mueve, todo lo dibuja y lo tiñe de colores jamás descritos, de palabras que pueblan la luz como portales a historias no contadas... todo está por descubrir a las certezas que claman en el corazón ávido de cobijo, de abrazos, de calma tras las batalles que mantuvo con el miedo. Ese mismo miedo que paralizaba tu cuerpo, mientras daba rienda libre a tu mente... Y como si fuese una vieja película de super ocho, lograr desconectarla tras la última imagen que retendrá tu pupila.

Eres el recuerdo rememorado de ese instante habitando el corazón incondicional de ese otro cuerpo, que es tu propio cuerpo.

8 ENTRE SENSACIONES, TEXTURAS Y OTROS SABORES

Cada bocado era una invitación a su universo, a ese mundo mágico donde todo era color de miles de flores, que no tienen nombre ni siquiera, a texturas que se trasforman de lo conocido a lo desconocido, combinando esencias de remotos lugares, productos cercanos, en combinaciones que jamás hubiese llegado a pensar… la magia es más sencilla de encontrar si aprendemos a mirar desde el corazón. Y sí, aquel plato cocinado a través de sus palabras, siendo sus manos las extensiones de su corazón, era el acto de amor más hermoso que podía regalar. La forma de entregarse en la distancia para ser saboreada, degustada, vivida. Estaba presente en cada elemento, que amorosamente combinaba.

En Sabores dulces con texturas esponjosas, que recordaban a la calidez de los abrazos en la distancia; picantes como el brillo de su mirada, que momentos venideros la llevarían al placer más extremo; sutiles sabores a tierra, que la reconectaban con el paisaje que había creado para que su llegada fuera más esplendorosa. "Sí, he creado este universo para nosotras, porque más allá, no existe el tiempo, y aquí y ahora, solo existe mi mirada en la tuya".

Y mis palabras comienzan a caer como parapetos colgantes, flotando en el viento, para llegar todas ellas a recubrir tu cuerpo… ese cuerpo que vibraba tan solo con canciones que hablan de nosotras. Y es, que en esta historia, no es otra cosa que señales que nos muestran el camino como las canciones que escribimos en cada paso, con los sueños de los instantes.

Y todo se agolpa en cada bocado que me lleva a amarte, a verte en visiones anticipadoras de vidas pasadas, presentes o futuras… Y es que con tu alquimia conjuras a mi alma para que viva en ti, como tú en mí, en ese universo donde el hogar no tiene puertas, donde el amor es el soberano lleno de fulgurantes palabras de energía trasformadora.

9 EL SENDERO DEL BOSQUE INFINITO

Cuenta la leyenda de los antiguos dioses, que en algún recóndito lugar existe un bosque infinito, frondoso de miles de árboles que nacen cada noche. Poblado de todos los seres fantásticos que narramos en nuestro cuentos, relatos y leyenda. Es un bosque atravesado por un sendero con flores de colores que no tienen nombre todavía. Es un senderó que invita a los caminantes humanos a recorrerlo, sin tiempo, sin prisas, un sendero que les mostrará lo invisible a sus ojos cuando entraron, aquello que solo eran capaces de sentir o escuchar en el mejor de los casos. Caminan sin ser conscientes de su entrada, y los dioses para que tomen conciencia de la magna aventura iniciada, les conceden la compañía de un duendecillo.

De hecho, este bosque infinito es conocido por los humanos por el bosque de los duendes, dado que estos tienen asignados desde que nacen al humano que acompañarán. Tienen claras sus funciones:

acompañarlos, hablarles con su dulce vocecilla para que no desfallezcan sus fuerzas y así encontrar la salida finalmente cuando ellos sienten y ven que la salida es así, no penséis que es una salida física; sino mágica.

Puso un pie dentro del bosque, el cielo se hizo más luminoso, los árboles eran frondosos con miles de colores, de fragancias que jamás había sentido en su piel impregnándola de nuevas texturas. En ese mismo momento, una duendecita apareció al lado derecho de su caminar, la escucharía, pero no la veía, todavía no estaba capacitada para ver su sombrero rojo, su suéter verde y sus rizos alborotados.

El sendero invitaba, al caer la noche, a detener el paso, a tomar los manjares que mágicamente parecían para saciar el hambre, así como la sed. En ese momento, la duendecita tomaba su voz y le hacía preguntas acerca de su recorrido: ¿qué te ha llamado la atención?, ¿qué te ha hecho sentir? ¿cómo te sientes ahora mismos?... eran preguntas que comentaba a sus caminantes. Una mañana que el sol ya había salido, abrió los ojos, giró la cabeza a la derecha y sin saber muy bien cómo vio a una duendecita de ojos saltones, con rizos que desbordaban su gorro rojo, y ese suéter verde que estiraba para arremangarse las mangas. " Ahh ya te has despertado, ¡qué bien! ¡Bravo!, ya me ves, ¿cierto?". Reconocía la voz que le había acompañado en los días anteriores. Le resonaba tan familiar, tan interna dentro de ella… Y así era. La duendecita le comentó que tenía que seguir el camino para encontrar sus respuestas, sus verdades, que serían suyas, válidas para ella, en ese momento, en esa situación, “ de esa forma encontrarás lo que tú has buscado. Y llegarás donde tú quieras, donde creas que has de ser”.

10 EN EL MISMO MAR

El sol de la mañana se refleja en el agua rítmica, quien acuna al pensamiento; y la mar llena de reflejos chispeantes, que, como pavesas encendidas de los fuegos de la noche, convocan tu nombre.

Y el corazón bombea tu recuerdo, recorriendo cada milímetro de mí. En ausencia de tu piel, es el sol quien me acaricia; como en aquella mañana, cuando regresando a mi lado, tus besos se posaron en mis labios. Sorprendida fui, como lo que eres, pura sorpresa, así mismo, lo son tus actos, que siempre acrecientan mi alma, convocan a la magia y al deseo, a la pasión y al consuelo. Mi piel llama a la tuya para acunarla, para ser el refugio que sane cualquier antaña herida.

Y es en este mar, en el que sumerjo mi cuerpo, donde horas después sumergirás el tuyo, donde conectaremos con las verdades del reino, con las palabras que nuestros corazones susurran, y descifraremos finalmente el secreto, gracias a las diosas, astros y hadas quienes nos mostraran el camino secreto para encontrar la llave, la palabra, el sentimiento... Lo escucharemos en un leve susurro con el canto de las sirenas quienes nos convocan una y otra vez al universo creado, donde nos amamos.

Y te veo en la distancia, entrando en el agua, como tu cuerpo dorado que se va tornando azul, veo como tus piernas se transforman en una multicolor cola, que el arcoíris te viste para fundirte en mí, para recorrer cada recodo de mi profundidad. Y sientes como te envuelvo, como calmo tu calor, como apaciguo tu sed de ser sirena, siendo yo agua. Que el destino nos une con cada día que pasa... y nos encuentra, y nos desafía a que sigamos viviéndonos más allá de la mente, más allá de la palabra.

Y siento tu corazón abrirse, bombear tu sangre brillante a cada recodo de ti, y te envuelvo, te acuno, te proyecto en un mañana para sentirte a través del tiempo, a través del agua, en este mismo mar donde te sumergiste por primera vez para transformarte en sirena, donde somos un alma eterna.

11 LA BELLEZA QUE HABITA EN TI

Al cerrar los ojos, se trasladaban a ese instante de la infancia, cuando con sus pequeños pasos, todavía titubeantes, recorrían aquel campo de girasoles gigantes, de tallos altos y amarillo intenso. Y es que, a la mirada de una niña, todo aquello que excede de la altura de sus ojos, es enorme.

Recuerda perfectamente la calidez de la mano que la cogía, iba un paso por delante, como si fuera descubriendo el camino, a cada paso que daba, se volvía para confirmar que la seguía, que avanzaban juntas. Y es que momentos antes, con una gran sonrisa iluminadora de su rostro, le había contado que había visto la casa de las hadas, que en el campo de los altos girasoles podrían encontrar a una pequeña hadita, ya que la había visto esconderse en uno de los girasoles. Así que solo tendrían que ir a buscarla; y siendo dos, seguro que podrían encontrarla.

Y como no iba a seguirla, al ver aquella mirada que la convocaría a través del tiempo, las vidas y los universos. Cómo no iba a seguir sus pasos para reencontrarse una y mil veces en aquel campo de girasoles. De ella, la belleza emergía a través de su pasión por la vida, de la alquimia que nacía desde sus manos y del amor incondicional de su corazón. Todos los instantes compartidos, desde aquella infancia eran luminosos, como los faros que te guían en las múltiples noches sin luna llena. Cuando necesitas una luz que te guie el camino de regreso a casa.

Y ahí estaban ambas de nuevo, a la entrada del campo de girasoles. Ahora eran igualmente hermosos, bellos e intensos, pero sus miradas se habían curtido por las experiencias vividas, de los parajes interiorizados, por las esencias saboreadas… habían entendido, que, tras perderse, tan solo, debían de regresar al hogar para reencontrarse; sintiendo que, lo vivido había sido sólo un anticipo preparatorio para ese justo momento.

Respiraron profundamente, todas las emociones se agolpaban en sus gargantas, en sus ojos, de donde brotaban lágrimas de alegría que mutuamente secaban. Cogidas de la mano comenzaron los primeros pasos en el campo de girasoles. "Encontraremos las hadas", dijo una de ellas, " Estoy convencida de ello. Fíjate que aquí estamos tras todos estos años, todo está bien. ¿Comenzamos a buscarlas?".

12 LA SIRENA Y LA DUENDECITA DEL BOSQUE

Cuenta la leyenda que, en bosque más lejano, donde los humanos no se atrevían a entrar, habita un clan muy famoso de duendes, quienes entre otras atribuciones tenían la de acompañar a todos los seres más fantásticos que se pudieran imaginar los humanos.

Era tal la necesidad de duendecillos, y de duendecitas que antes de nacer, ya tenía asignados a quien acompañarían y poco más podían decidir, que el libre albedrio para decidir sus pasoso, qué aprender, a qué dedicarse no conocían. Así nació nuestra duendecita, que tendría que acompañar a un ser tan maravilloso como extraordinario, tan ajeno del bosque, como común al mar.... a una sirena.

Establecido estaba por el universo que ambas se encontrarían en el momento justo y preciso, ni antes ni después que ellas lo hubieses decidido. Se reconocerían por la mirada, y el universo ya había dispuesto todo por escrito, en esos libros de tinta invisible, decretados desde los inicios de los confines más remotos.

Así que la sirena como la duendecita fueron creciendo, hasta el día que el universo tenía decretado que debían de conocerse. El sol estaba saliendo cuando la duendecita descubrió el mar por primera vez. Sus ojos se llenaron de luz al ver el mar trasparente, que llenaba su corazón su alma. Su piel se impregna de la sal a través de las gotas de agua que le llegaban por las olas que rompían en el acantilado. Ahí sentada de su largo viaje, sus ojos se detuvieron en un ser que no llegaba a reconocer, admiraba su figura porque no tenía piernas, si no cola, una cola con todos los colores que conocían.

Ambas se reconocieron en la mirada nada más que se encontraron cercanas. La sirena a través del mar, y la duendecita desde la roca que era bañada por el agua. Entablaron algunas palabras y sus voces se reconocían, y es que las dos se percataron que el universo las había unido , destinadas a acompañarse en el camino que les quedara.

"coge mi mano y vamos al fondo del mar y te presentaré mi mundo" Y " luego iremos a ir al bosque donde conocerás el mío, podré transformar tu cola en piernas, siempre que tú lo creas."

La Sirena y la duendecita del bosque se cogieron de la mano, se aproximaron para sumergirse en la mar donde habitan al igual que en el bosque donde conquistan

13 MAÑANA COMIENZA TODO

Mañana, mañana resonaba en su alma como ese mantra que la guiaba en las horas de espera…hoy, hoy, dibujaba la sonrisa más sincera que su corazón había sentido desde mucho tiempo atrás.

Esperaba a que el vuelo saliera finalmente, jamás había sentida la certeza tan precisa como en aquel instante en el que buscaba ese vuelo cancelado: la vida es de los valientes, y ahí estaba siendo valiente para diseñar mapas imperfectos, rutas sin destino, paseos por los parajes de las risas anticipadoras de instantes futuros... todo era indiferentes al deseo que de aquel abrazo... es lo que le llevaba a pensar que a partir de ese encuentro todo comenzaba.

No había certezas de lo que sucedería peros solo sabía que sanaba, que aquella voz de niña pequeña en catalán la trasladaba a su más tierna infancia, solo sentía la bondad y el amor incondicional que reflejaba cada palabra, cada imagen grabada. Se reconocía a sí misma en se mañana que sería constante, cada día sería un nuevo inicio una nueva aventura que construir, que vivir, que compartir.

El universo les ofrecía el encuentro que había reproducido cada día, cada conversación mantenida en la distancia, en cada caricia que había regalado desde los lugares más remotos, desde los lugares más infrecuentes para saber que siempre podrían encontrase en las canciones que se regalaban, en las pasiones desveladas sin ser programadas. Y es que mañana comenzaría todo, tras el encuentro, tras sanar el pasado, tras abrir nuevas puertas, tras sentir que todo es posible sin estar determinados por el espacio, ni el tiempo. Y es que su universo se había llenado de hilos rojos que tejían puentes salvadores de distancias, de corazón a corazón por donde sus almas corrían, volaban veloces cada noche encontrándose para bailar el tango más apasionado que jamás hubiesen pensado.

Y ahí estaban reconociéndose en sus miradas, dibujando una media sonrisa que tanto les seducían a ambas, siendo que el tiempo dejaba de existir y que el mundo veloz, se detenía.... Qué ganas de este abrazo... susurraba su voz mientras ambas se fundían en un largo, tierno abrazo que sería la antesala de caricias, besos por todo su cuerpo. Vivamos en un hoy eterno comentó una de ellas mientras se fundían en un beso largo, tierno y sin tiempo.

14 MIRADAS LICUANTES

En ese instante había encontrado la respuesta. El cuadro en el que se había detenido en aquel viaje conectaba con ese instante. Y ahí estaba la misma mirada, la misma media sonrisa, los mismos rasgos del rostro que cobraba vida. Y sí, era ella la mujer del cuadro que estaba detrás de la pantalla.

Aquella intensa mirada de marrones, verdes, azulados como el mar, la convocaba a cada instante presentes, pasados y futuros. Se reconocían, se intuían en esa mira distante que como un hilo rojo las conectaba más allá del tiempo, del espacio, de las vidas.

Ahora comprendía el porqué de aquellas horas delante de aquel cuadro, indagando quién era ella. Acababa de encontrar la respuesta a todas las preguntas, a todos los requerimientos que su alma callada, silenciada había realizado. Y encontraba la voz para dejar atrás el silencio, los grises, las vidas planificadas… Y ahí estaba dentro del mar que la acogería, como una de las sirenas protagonistas de sus relatos, esos relatos que tanto ansiaba cada noche, creados, inventados para tejer puentes de hilos rojos que conectaran ya no corazones, realidades, sino Universos secretos, donde las vidas vividas se guardaban para ser revividas tan solo con el poder de sus miradas licuantes.

Y es que eran agua… agua que desbordaba todo recinto conocido, toda situación vivida anteriormente, se transformaba en la pieza exacta de un puzle que mostraba la imagen certera que había sido incapaz de ver anteriormente… Y ahí estaba surgiendo del mar, con su piel bañada en la sal. Sal que sería besarla, saboreada por los labios de quien la acariciaba con la mirada, con sus manos, con su alma…Ambas se invitaban al universo compartido, lleno de colores, sabores y perfumes que las acompañarían en venideros días…donde el tiempo es el pasaje a las vidas eternas, a las vidas etéreas, ya sin cuerpo, solo alma.

Y así se abrazaron tras surgir del agua, en la mirada licuante que abría corazones, sonrisas y ventanas a universos paralelos donde ilusionantes sonrisas conquistan corazones. Miradas licuantes que se transforman en agua, siendo pura alquimia que logrará borrar distancias.

15 NO VENGO A VERTE, SINO A MARTE

Hacer clic en el enlace era siempre la aventura de confirmar un encuentro tan esperado, como inesperado, tan inexplicable como perfecto.

Eran las palabras mágicas que se iban colando por detrás del espejo, en esas frases que despiertan la carcajada más sonora del alma a altas horas de la noche.

Y ahí estaba mirando la pantalla de llegadas, esas que decía que el vuelo había aterrizado… todas las sensaciones se agolpaban en su corazón sin llegar a ponerles nombre…emocionada por poder abrazarla…miraba la pantalla de su teléfono para encontrar las palabras que apaciguaran los latidos de su corazón, esas mariposas que revoloteaban en su estómago. " ya estoy llegando, voy un momento al servicio". Sus pasos eran pausados, reiterados, a la vez que más nervioso.

Las noches previas habían sido remolinos de músicas acompañadas de teclas blancas y negras, notas del piano que sedosamente tocaba ofreciéndole la magia de crear... sus palabras de relatos instantáneos que adormecen el alma, para recorrer miles de parajes que todavía no tenían nombre, se descolgaban de su mente, de su boca, al unísono de las teclas que ella tocaba en la distancia. Momentos creadores, conjugados sin ser vistos, tan solo sentidos. Y la magia nace de instantes soñados, vividos, elevando las almas para sanar, para vivir plenamente... y recordaba la melodía y como la emoción le invadió hasta que de sus ojos brotaron lágrimas de alegría.

Y ahí estaba… con el suéter naranja de la foto que a primera hora del día le había compartido…se fundieron en un abrazo lleno de encuentro, de amor, de reconocimiento…. Y ahí estaban aún abrazadas, bailando… Y de su voz surgió la frase que las convocaba en aquel mismo instante, en aquel mismo lugar, ahí en cada noche: "no he venido a verte, sino a Marte".

Abrazadas por la cintura salieron del aeropuerto, ajenas al resto del mundo, ajenas al resto del mundo, del tiempo, del lugar. Eran dos almas reconociéndose.

16 TODO ME LLEVA A TI

El verdoso anaranjado de la tierra me acompaña en el espejo cada mañana. Misteriosa, tierna, pícara, de niña son los adjetivos que describen tu mirada, tantos como mi corazón dicta con cada latino…que tu mirada es la mía reflejada en el espejo.

Y mis manos pequeñas limpian el rostro, con el agua que fui aquella tarde de lluvia, cuando te recordaba bajo la tormenta, pensándote en cada gota que recorría mi cara. El pelo lleno de remolinos, rizos que tu hubieses acariciado en aquellas calles que rememoraban tus calles, las que cogidas de la mano recorrimos entre risas y miradas cómplices, entre abrazos y besos sorprendentes.

Y las canciones conjugadas me visten con caricias, con palabras, con querencias reconocidas, que en los actos entregados sin reclamo me quedo, con la certeza del amor transparente, puro, pleno de magia. Canciones que iluminan los pasos del camino que recorreré. Letras que me trasportan a esos instantes que recorren mi cuerpo como tus manos repletas de música que viertes sobre mi piel.

Es tu voz quien me guía en la noche, para sentirte dentro de mí, para soñarte en un mañana que es hoy, que fue ayer…para vivirte dentro de mí, que es ahí donde tu voz habita. Y despierta la risa de la niña que fuiste, esa misma que coge de la mano a la mía, y que recorren el jardín buscando el agua que las sane de las viejas heridas.

Y el rumor de las olas del mar que entra por la

ventana, susurra tu nombre como si las sirenas eternas convocaran a mi alma viajera, que, reconocida por tu mirada, por fin, sintió la reconfortante sensación de estar en casa. Y ya no hay más búsqueda, ni más encuentro que no sea el reconocerme en tu mirada.

Es tu alma quien baila tangos con la mía, es tu ser quien me abraza cada noche de pasión desatada, son tus eternos abrazos los que apaciguan mis miedos, los que callan a mi mente y los que alimentan a mi corazón…que cada acto consciente de mi alma me acerca más a ti… y desde la conciencia de lo vivido, atisbo a descubrir que eres tú…, que todo me lleva a ti.

17 DE ESTO VA LA VIDA

"Estoy alojada en la habitación 104", ese fue el mensaje que había recibido en su teléfono. Su impaciencia iba en aumento, sin darse cuenta, habían pasado horas conversando, presentándose desde sus palabras, para hacer partícipe a la otra mirada, de las fulgurantes luces de sus cuerpos, así como los recodos más oscuros; cada día se iban despojando de una parte que las ocultaba, cada día las viejas heridas de otras batallas iban sanando. Y tantas fueron las sincronicidades, las intuiciones que se terminaban las palabras en las frases, deslavaban momentos de la infancia como si de los juegos se tratasen. Magia sin más explicación.

Y es que sus voces resonaban de forma conjunta en ambos cuerpos, no necesitaban comprender nada de lo que estaba sucediendo entre ellas, desde aquel primer audio que convoco a la sorpresa, y destapó la caja de pandora, llamando después a la seducción, ya no creado con palabras encantadas, sino de hechos. Y es que el deseo de desvelarse, de reconocerse las conjuraba cada noche, a un encuentro donde sus voces primero, sus almas después se convertían en una la alquimia transformadora.

Y había enviado a la mente de vacaciones, porque no quería parar la magia, no quería que aquel regalo del universo se convirtiese en un " Y Sí,." Que recordaba en los últimos instantes de vida. Era tan arrebatadora la situación, que ahí se encontraba, en la habitación 104 de un hotel de la isla, esperando su llegada. Reconocería su voz en el metro lleno de gente, como identificar su mirada entre el resto del mundo, gracias a las horas que habían compartido como embajadoras de lo que eran, serian o incluso fueron de vías pasadas.

Miraba su teléfono, para saber si era real ese deseo, que durante las noches previas, había deseado: poder abrazarla, poder mirarla a los ojos y detenerse en ellos, ahora sin tiempo, sin prisa, para regresarse en ellos, primero, continuando con sus manos para sentir el calor de su alma, esa misma que ya conocía a pesar de la distancia; y es que sus cuerpos sintonizados vibraban tan solo con el deseo mágico de pensarse, de soñarse, mientras se amaban, en la distancia.

El audio que dejo en su teléfono anticipaba la llegada: "en 10 minutos estoy". Ese abrazo que cada noche se habían ofrecido estaba lleno de alegría, deseo, luz fluorescente, como el alfabeto que habían creado para poder vestirse con sus propias palabras, entre risas, sonrisas , besos y caricias…

Abrió la puerta, y el mundo quedo detrás de sus pasos, solo estaban ellas en aquella habitación. Mirada contra mirada, reconociéndose cada una de las palabras afirmadas, cada una de los momentos sentidos, compartidos, degustados, entregados como pavesas de fuego eterno. Ahí estaban abrazadas, mientras sus manos se entrelazaban para poder descubrir el ancho mar de sus espaldas, el sabor de su piel, los más iluminadores deseos… deseosas de reconocerse, descubrirse, de vivirse la una a la otra, siendo dos para transformarse en una sola…Y es que de esto va la vida… de vivirse.

17 DE OTRAS VIDAS, EN LA MISMA MIRADA

El sol se colaba por el amplio ventanal de la buhardilla, el olor a los aceites, y acuarelas impregnaban sus pieles, que eran dibujadas en la memoria, como relucientes destellos luminosos. Su cuerpo dormido tendido a su lado, lo acariciaba sutilmente, casi sin tocarlo, sintiendo la energía telúrica en sus yemas…ahí es donde todo se encuentra y deja de ser materia, solo energía de las dos almas encontradas. "Te veo y me ves, y todo deja de ser ajeno" sus palabras resonaban en su mente, como resonaban sus labios conquistados, acompañados. Recordaba aquella mañana, cuando paseando entre las calles cercanas a la basílica, algo de sus pintura la paró, miró el cuadro que pintaba con aquel abrigo largo y negro, y esos cabellos recogidos; todo era uniforme al entorno, al resto de pintores que estaban allí; pero al encontrar esa mirada… ambas se callaron. Dejo de hablar y ella de pintar, un instante que se alargó en el tiempo hasta que las dos dibujaron una sonrisa en sus rostros. A penas un hilo de voz salió en un perfecto francés de su boca: "no pinto nunca lo que se ve, sino lo que yo veo". La mujer volvió la mirada al cuadro, para admirar la escena que le recordaba más un jardín, donde dos mujeres paseaban, que las bulliciosas callejuelas en las que se encontraban. "En la buhardilla, tengo más obras quizá le gustaría admirarlas". Sus miradas se encontraron de nuevo, inexplicablemente, aquellos ojos le eran tan reconocibles, tan familiares detrás de ellos llegaba a ver los árboles del cuadro, a sentirlos encima suyo ofreciéndoles la sombre de la mañana. Paseaba junto a ella, por aquel camino de otras épocas, volvían de la compra con un cesto en el brazo con frutas frescas, y algo de pan envuelto en tela, iban hablando y mirándose… aquella mirada, que era como la suya, el mismo tono de color, la misma profundidad. Y ahí estaba de nuevo, sintiendo su piel cómo tocaba la suya al cogerla por la mano. Escuchaba su risa, y su voz sedosa que reconocería entre el bullicio del mercado, entre el gentío de las calles de los artistas. "Me resulta tan familiar tu piel, tu voz" y todo se volvió a parar allí.

La pintora recogió las acuarelas, el cuadro y el atril, y ambas cogidas por la mano se digieren a la buhardilla. Era una amplia estancia con un gran ventanal por donde entraba la luz del sol, al lado, tenía diferentes cuadros, su lugar de pintura. Según entraban al lado izquierdo, se ubicaba la cama con colores vistosos, un gran espejo al lado del armario, y un pequeño hornillo enfrente de la sala. " Lo mejor de la sala es el ventanal, tanto por la luz, como por las vistas". La mujer se acercó a observar los cuadros, en varios de ellos, encontraba a dos jóvenes en diferentes momentos, en diferentes situaciones cotidianas y a lo largo de la historia. "Creo que eres tú a la persona que he ido dibujando en cada uno de ellos". Se acercó al cuadro que estaba pintando en la calle, volviéndose hacia la pintora que había quedado en medio de la estancia. "Seré tu modelo, píntame en ese cuadro".

Cada día, el cuadro avanzaba lentamente; habían aprendido a dibujarse en cada recodo de sus cuerpos, en cada sonrisa que regalaban con el vértice de sus dedos, con la complicidad de sus miradas, sencillamente la vibración de sus almas iba más allá del tiempo y del espacio. Se encontraban ahí, en un universo de creación infinito. El instante es eterno, como la vida que dormía a su lado mientras el sol entraba por el ventanal, iluminando la piel más morena que la suya, iluminando toda la estancia, siendo luz que se encontrará, vida tras vida, reconociéndose en la mirada.

ACERCA DEL AUTOR

Àngels Soriano es una voz intimista, sugerente, que busca encontrar lo que no es visible a simple vista. Autora de Menorqueando libro de relatos basados en la isla de Menorca, escrito junto a Anna Sanz Roldán.

www.ingramcontent.com/pod-product-compliance
Lightning Source LLC
LaVergne TN
LVHW050343160826
845677LV00014B/3768

* 9 7 8 8 4 0 9 6 3 6 1 4 3 *